MARIE COLOT
ILLUSTRATIONS DE JULIE STABOSZEVSKI

SA MAISON EN CARTON

Pour Romane et son grand projet d'ouvrir, un jour peut-être, un hôtel trois étoiles et gratuit où loger ceux qui n'ont rien.

M. C.

info@alice-editions.be
www.alice-editions.be
ISBN 978-2-87426-363-7
EAN 9782874263637
Dépôt légal : D/2018/7641/19
Imprimé en France par Pulsio Sarl.

MARIE COLOT

ILLUSTRATIONS DE JULIE STABOSZEVSKI

SA MAISON EN CARTON

'ALICE PRIMO

On ne peut pas aider tout le monde
mais chacun peut aider quelqu'un.

Ronald Reagan

ÉCOLE

Lundi

Aujourd'hui, c'est décidé : j'y vais. Même si papa m'a interdit de passer le long du fleuve. Même si ceux de ma classe disent que ce chemin-là est trop risqué.

— Fais attention, Ernest ! C'est dangereux sous le pont.

Madeline a noué le cordon de son capuchon vert, bien serré autour de son menton. Elle n'est pas du genre à désobéir. Elle croit aux « il paraît » inventés par les gens pour faire peur. Mais la peur, ce n'est pas un paquet de bonbons. Ça ne devrait pas se partager. Je laisse cette première de classe avec ses craintes et son gros cartable. Je ramasse le mien et je file vers cet endroit où aucun enfant n'ose aller.

J'en ai marre, moi. Tous les jours, j'ai un fameux détour pour retourner à la maison. Un premier feu rouge, un deuxième au carrefour des Trois Cloches, la troisième à gauche, la deuxième à droite. C'est trop long. Surtout sous la pluie. Depuis la semaine dernière, il pleut matin, midi et soir. Comme je déteste mettre ma capuche, mes cheveux collent sur mon front et une goutte coule au bout de mon nez quand j'arrive à destination.

Il est 15 heures 30. Avec ce raccourci, je parie que je serai chez moi dans dix minutes. Un précieux gain de temps ! Madame Jeanne nous donne des masses de devoirs et je travaille à l'allure d'un escargot. Je suis à chaque fois devant mes cahiers quand papa tourne sa clef dans la serrure.

« Que les journées sont longues, Ernest ! »

Les miennes filent, légères comme la fumée qui s'échappe de la casserole de pâtes. Je me retrouve souvent dans mon lit sans avoir terminé la nouvelle maison que j'ai commencée dans la ville en carton installée sur le parquet de ma chambre. Heureusement, dans mes rêves, je joue autant que je veux.

Maintenant, je suis plutôt dans la réalité. Et déjà sur la berge. Les feuilles d'automne transforment le sol en moquette multicolore où mes semelles s'enfoncent. À chacun de mes pas, la voix de papa résonne dans ma caboche.

« Non, Ernest ! Pas par le halage ! » ; « Non ! On ne sait pas qui rôde dans les parages ! »

Jusqu'à présent, surtout des cygnes et des canards qui n'ont pas l'air méchants du tout. Avant de continuer ma route, je les regarde barboter. Les colverts cancanent fort, comme s'ils rigolaient d'une bonne blague. Moi, je me rassure. Papa n'en saura rien. Ce n'est pas un mensonge. À peine une cachotterie. J'ai quand même le droit de choisir mon itinéraire et de ne pas marcher trop longtemps sous la pluie, non ?

À l'approche du pont, la lumière baisse et les roucoulements des pigeons résonnent. Gloups. C'est plus impressionnant que je l'imaginais. J'ai envie de faire demi-tour. Mais ce serait vraiment stupide. L'averse est de plus en plus forte. Et je ne suis pas comme Madeline. Allez, il ne peut rien arriver. Les autres racontent des bêtises.

Sous l'arche, il fait humide et sombre. Pas de trace de monstres. Juste des déchets et un long truc près du mur. J'avance. C'est une boule de couvertures qui ronfle. J'aperçois des cheveux chiffonnés, un visage emmitouflé. Pas assez pour savoir si c'est un homme ou une femme, un ivrogne ou un rêveur, un d'ici ou un étranger, comme on dit. J'hésite. Ralentir ? Accélérer ? Trop tard. Son corps bouge et ses yeux s'ouvrent. D'un coup. Pareil qu'un mort-vivant qui se réveille.

Je fais demi-tour et je m'enfuis en courant.

Je débarque essoufflé à la maison, les baskets trempées par les flaques mais les cheveux moins mouillés que d'habitude. L'horloge du salon indique 15 heures 37. Avec mon sprint, mon retour a été plus rapide que prévu. Je ne comprends pas ce qui m'a pris. C'était quelqu'un, endormi. Pas un ogre qui dévore les enfants tout crus avec de la mayonnaise.

Mardi

Dans la cour de récré, Madeline me demande comment s'est passée mon expédition.

— Très bien.

— Vraiment ?

— Oui.

— Vrai de vrai ?

— Oui !

— Pas de méchants ?

— Personne.

Je ne lui offre pas le plaisir d'avoir raison. D'ailleurs, je suis sûr qu'elle a tort : un tas de couverture avec deux yeux, ça n'a rien de dangereux !

À la sortie de l'école, je reprends la route du fleuve. Cette fois, je ne détalerai pas, promis-juré-craché. J'avancerai droit devant et jusqu'au bout. Je serrerai les poings dans mes poches s'il faut. Ou je regarderai les gentils petits canards flotter sur l'eau.

Sur la berge, les flaques sont plus grosses qu'hier. Et ma peur plus grande encore. Je n'ai pas atteint le pont que j'aperçois déjà quelqu'un. Debout, cette fois. Mon cœur s'emballe et me crie de rebrousser chemin. Il me rappelle les « il paraît » de Madeline. Des gouttes de pluie s'écrasent sur mon front. Si je fais demi-tour, je rentrerai trempé chez moi. Je n'oserai plus repasser par ici. Une promesse est une promesse. Courage, Ernest !

Après quelques pas, je repère ses cheveux en désordre. Ils lui tombent jusqu'aux fesses. Je n'ai jamais croisé de femme comme elle dans la rue. Trop occupée à agiter les mains, elle ne me voit pas approcher. Elle pointe du doigt quelqu'un qui n'est pas là. Un ami invisible. Ou plutôt un ennemi. Elle lui crie des phrases que je n'écoute pas tant j'ai peur. Moi, aucun son n'arrive à franchir mes lèvres. Je voudrais disparaître. Qu'est-ce qui m'a pris de revenir ?

Malgré tout, je poursuis ma route. Je ne suis pas un froussard. Je ne suis pas comme Madeline.

Je suis maintenant assez proche d'elle pour distinguer ses traits. Elle ressemble à une serpillière. Grise, tordue, abîmée. Elle a des bleus sur la joue et un trou dans sa bottine. Rien d'un monstre aux dents pointues. Perdue dans ses histoires sans queue ni tête, elle ne me remarque pas quand je passe en catimini.

Voilà. Ce n'était pas si horrible que ça. Reste que j'avance vite, sans me retourner. Dans mon dos, elle s'énerve contre cette personne qui n'existe pas. Sa voix est en aussi mauvais état que le reste. Soudain, une canette roule sur le pavé et réveille son gros chien noir qui piquait un roupillon à côté de cartons aussi gondolés que le sable quand la mer s'est retirée. Je regarde à nouveau dans leur direction. Je ne parviens pas à m'en empêcher. Le molosse est bien campé sur ses quatre pattes, gueule ouverte.

Ses aboiements sont presque des rugissements.

— Mazout, tais-toi ! Mazout !

Je prends mes jambes à mon cou et je rentre chez moi presque pas mouillé et très fier d'avoir tenu ma promesse.

Pendant que papa prépare le souper, je construis un gratte-ciel avec la plus haute des boîtes qu'il m'a ramenées. Il travaille au supermarché et, dans la buanderie, on en a de toutes tailles. Je n'ai qu'à me servir. Je les transforme en maisons,

magasins ou parkings. Je garde les plus grosses pour les hôpitaux et les prisons. Depuis toujours, j'adore le carton.

— Quand il en a un entre les mains, on ne l'entend plus !

Papa est fier que je m'occupe seul, dans mon coin.

Ce soir, blotti dans mes couvertures, je ne parviens pas à m'endormir. Je pense à elle. C'est sûr, elle a froid. Dormir à la belle étoile, quelle drôle d'expression ! Couchée sous son pont, elle ne les voit même pas. Et elle va attraper un rhume avec son orteil à l'air. Demain, si j'ose, je lui apporterai du sirop et un nouveau carton, épais et long.

Mercredi
MULTIPLICATION
6x8
9x4

Mercredi

Toute la matinée, j'attends la fin des cours, les yeux rivés sur l'horloge au-dessus du tableau. J'ai dans mon sac tout ce qu'il faut : du saucisson pour son chien, une cuiller et du sirop au thym. Je lui ai même préparé des tartines mozzarella-pesto, mes préférées. Quant à mon carton, il est plié en accordéon à côté de mon banc.

En me conduisant à l'école, papa m'a

demandé pourquoi je l'emportais avec moi. Je lui ai raconté des bêtises que je n'ai pas la patience de répéter à Madeline.

— Qu'est-ce que tu fiches avec ça ?

— Rien.

— Allez, dis-moi.

— C'est pas tes affaires.

Madeline est incapable de garder un secret. Elle est pire qu'un haut-parleur. Et c'est loin d'être son seul défaut.

Quand je commence à écrire sur une feuille arrachée dans mon cahier, cette curieuse regarde par-dessus mon épaule.

— Tu dois suivre les lignes, Ernest.

— Laisse-moi tranquille !

Je le sais bien, mais je ne réussis jamais. Mes lettres refusent d'aller tout droit. Elles préfèrent ce qui est de travers. Elles suivent le chemin qui leur chante. Comme moi.

Sur mon papier, je note :

Bonjour Madame,

En passant, j'ai vu que votre carton était abîmé.

Moi, j'en ai plein, des cartons.

Alors, si vous en voulez d'autres, il suffit de demander.

Attention : le sirop pour la gorge arrache. Mon père dit que c'est pour ça qu'il est efficace.

À bientôt, bien à vous.

Ernest

À côté de ma signature, j'ajoute un dessin de la petite maison aux volets jaunes que j'ai construite avec une boîte de biscuits la semaine dernière. J'espère qu'il lui plaira.

À midi, à la sortie de l'école, c'est la tempête. J'ai bien fait de demander un sac poubelle à madame Jeanne et de glisser mon carton dedans.

— Pourquoi trimballes-tu ça, Ernest ?

— C'est un cadeau, Madame.

L'emballage est moche, mais il résistera à l'eau.

Arrivé sous le pont, je m'approche du chien sur la pointe des pieds et lui file le chorizo que papa a l'habitude de manger. Je ne veux pas que Mazout s'énerve et la réveille alors qu'elle dort enfouie dans ses couvertures. J'ai peur de lui parler « en vrai » et de grimacer à cause de sa mauvaise odeur. Elle ronfle, un peu. En dessous de ses yeux, elle a des valises aussi gonflées que les sacs en plastique entassés près de son lit improvisé. De l'un d'eux dépassent les manches d'un pull et des vieux journaux.

Mon cœur tambourine dans ma poitrine quand je dépose, sans bruit, toutes les affaires contre le mur. Vite ! Mazout a presque englouti tout son saucisson. Je cale mon mot sous la bouteille de sirop pour éviter qu'il s'envole et je m'éclipse, heureux comme un père Noël qui a mis des cadeaux au pied du sapin.

Mes devoirs terminés, je construis huit arbres avec des rouleaux de papier de toilettes. Le dernier que je fabrique est assez grand pour accueillir un oiseau en origami sur ses branches. Papa m'a appris à plier des feuilles de brouillon pour leur donner des ailes. Maintenant, dans ma ville en carton, on entendra siffler les moineaux. Leur chant servira de réveil à ceux et celles qui dorment dehors.

— Papa, pourquoi des gens vivent dans la rue ?

— Parce qu'ils n'ont plus de maison.

— Pourquoi ?

— Parce qu'ils n'ont plus d'argent.

— Pourquoi ?

Papa replie les nouvelles du jour et lance le journal sur la table basse.

— Ça dépend, Ernest. Certains ont perdu leur boulot ou leur famille, d'autres sont tombés dans l'alcool.

— Et ils ont des bleus sur la figure !

Papa rigole alors que ce n'est pas marrant du tout.

— Je crois qu'ils ont surtout des bleus au cœur.

— Ça doit faire mal ! Il faut les soigner !

— Oui, mais c'est trop difficile.

— Pourquoi ?

Papa soupire. Je l'embête avec mes questions qui dérangent. Si je veux une réponse, faut pas y aller avec le dos de la cuiller.

— On va les aider, hein, papa ?

— Des gens sont payés pour ça.

— Mais nous ? Qu'est-ce qu'on fait alors ?

— Ernest, tu m'agaces à la fin ! On ne peut pas s'occuper de toute la misère du monde.

Papa se replonge dans son journal.

Cette satanée misère du monde l'encombre. Et, comme il ne sait pas quoi en faire, il la range dans un coin de sa tête pour l'oublier. Pareil que les cartons au fond de la buanderie. Mais moi, je n'abandonne pas les cartons. Alors, les vrais gens, n'en parlons pas ! Une personne, ce n'est pas la terre entière. L'aider, ça ne doit pas être si compliqué.

Jeudi

Aujourd'hui, c'est elle qui m'attend. Dès qu'elle m'aperçoit sur la berge, elle vient à ma rencontre, les mains dans les poches de son long manteau.

— C'était toi, le sirop ? Il est dégueu !

Sa voix est moins rauque qu'hier.

— Mais les tartines, elles étaient bonnes ?

— J'ai donné les croûtes à Mazout. Il avait encore faim après son pâté.

— Avec ça, vous lui en achèterez d'autres.

Je lui tends une enveloppe avec la totalité de ma tirelire : 41,38 euros. Ce n'est ni assez pour une maison ni pour un matelas, mais c'est mieux que rien. Elle n'a pas l'air de mon avis. Elle me laisse avec mes économies et s'installe sur

son nouveau carton. Son chien se blottit contre elle, la gueule dans son cou.

Je les rejoins près du mur. Maintenant, je n'ai plus peur.

— J'ai aussi du sparadrap et de la pommade, si vous voulez.

— Comment tu t'appelles, mon gars ?

— Ernest. Et vous ?

— T'as quel âge ?

— Neuf ans. Et vous ?

Elle ne répond à aucune de mes questions et ses yeux tristes me regardent à peine.

— Allez, retourne jouer avec ta p'tite copine.

Sa bouche reprend son air fâché et ses doigts crasseux pointent un truc vert à l'autre bout du halage. Madeline nous épie. Je ramasse une bouteille vide que je balance dans sa direction. Les colverts

ont une grosse frayeur et cette mêle-tout aussi. Elle déguerpit plus vite qu'elle ne récite, toute fière, ses tables de multiplication. Ses chaussettes blanches se prennent les flaques. Ses parents vont la gronder. Bien fait, tiens.

Moi, je reste là.

Sur le fleuve, un bateau avance sans se presser. Comme lui, j'ai tout mon temps. Tant pis pour mes devoirs. Je m'assieds par terre, car il n'y a pas de place sur ce carton qui était le mien hier encore. J'ai froid aux fesses. Pas grave. Mazout s'approche pour renifler mes poches pendant que sa maîtresse trifouille dans les siennes en ruminant. Elle en sort des papiers déchirés, de vieux tickets de caisse et des morceaux de journaux abîmés. Après quelques caresses, Mazout se couche près de moi pour en obtenir d'autres.

Je ramasse une feuille quadrillée avant qu'elle prenne l'eau sur le sol mouillé. Et je la plie. En deux puis en quatre. Je relève le côté droit de moitié pour obtenir un triangle, je replie et retourne le tout avant de plier une dernière fois.

— Regardez, Madame.

Je dépose devant elle un oiseau en origami et j'attrape de quoi en construire un deuxième.

— Je vous montre ?

Elle hausse les épaules.

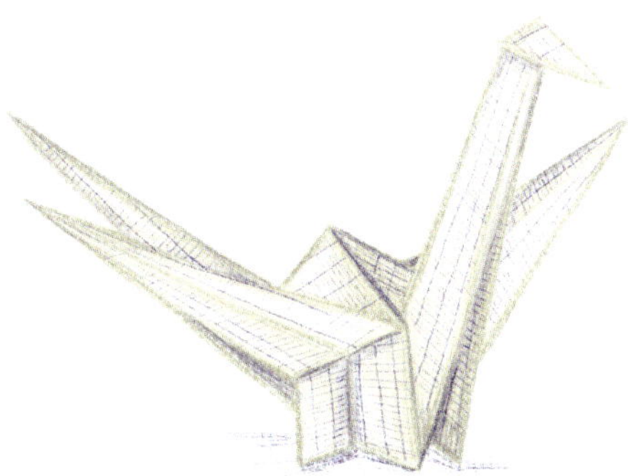

— C'est facile.

Je lui explique chaque étape et elle observe mes gestes d'un œil lointain. Quand je lui offre le petit animal de papier, elle me parle enfin.

— J'ai pas besoin de ton argent ni de ton aide, mon gars.

À voir les alentours, je dirais plutôt l'inverse. Elle comprend et ajoute :

— C'est pas à toi de faire ça. File avant que je m'énerve pour de bon !

Je rentre à la maison les paumes sales et puantes. Mazout n'a plus pris de bain depuis longtemps. Et elle non plus, sûrement. Quand je me lave les mains, une eau grise tombe dans l'évier. J'ai emporté un peu de son chagrin avec moi et il s'échappe par le trou qui mène aux égouts. S'il ne me colle plus aux doigts, il me reste bien en tête.

D'accord, elle a le droit de refuser

mon aide. Mais un ami, tout le monde aimerait en avoir un. Surtout s'il adore les cartons. En tous cas, moi, ça me ferait très plaisir.

Vendredi

Dès qu'il m'aperçoit, Mazout court vers moi, avec la queue qui va et vient.

— J'ai quelque chose pour toi, bon chien.

Le long du mur, je place le carton rectangulaire que je transporte sous le bras. Avec un gros marqueur noir, je dessine dessus un panier arrondi et des os de différentes tailles.

J'écris aussi son nom sur cette niche à ras du sol.

Là où elle est assise, il y a à présent trois grues en papier. La sienne est de travers avec une aile un peu écrabouillée, mais jolie quand même.

— Tu comptes venir tous les jours avec tes caisses ?

Elle ne me remercie pas puisqu'elle ne m'a rien demandé.

— C'est le chemin le plus court pour rentrer chez moi.

— Avant, tu ne passais jamais.

— C'était du temps où j'étais obéissant.

Si papa apprend où je suis, il ne me ramènera plus de cartons pendant une éternité et je ne terminerai jamais le pont gigantesque que j'ai commencé hier.

Mazout s'endort sur sa nouvelle maison pendant qu'elle marmonne.

— Et demain, tu amèneras quoi, mon gars ?

— Rien, c'est samedi.

— Samedi ?

Elle prononce ce mot comme si elle ne l'avait plus entendu depuis des mois. Seule à s'énerver contre personne, elle n'a pas besoin de savoir le jour qu'on est.

— Vous habitez ici depuis longtemps ?

— Plus ou moins.

— Pourquoi vous êtes là ?

— Ça te regarde pas, mon gars.

— Vous ne préféreriez pas un toit ?

Elle lève la tête. Les bleus sur sa joue ont jauni.

— J'en ai un.

— Je parlais d'un vrai.

— J'ai perdu l'habitude.

— Peut-être qu'en venant chez moi vous la retrouveriez ?

Elle ricane et me regarde comme si j'étais un idiot.

— Vous pourriez prendre une douche, rester devant la télé. En plus, mon père fait des pâtes super bonnes !

— Je t'ai déjà dit non !

Si tous ceux qui vivent dans la rue sont aussi têtus qu'elle, papa a raison : c'est difficile de les aider.

Elle est fâchée et reprend son baratin auquel je ne comprends rien. Elle farfouille dans ses sacs en plastique et, le temps que je me décide à partir, elle trouve ce qu'elle cherche : une pile de magazines en papier glacé. Elle la jette à mes pieds avant de s'installer à sa place avec un exemplaire de *Voici Paris*.

— Je vous remontre ?

Elle acquiesce. Bientôt, il y aura autour d'elle autant d'oiseaux en origami que de petits canards sur l'eau.

Soudain, en plein pliage, elle fronce les sourcils et grogne.

— T'as rameuté tout le quartier, c'est malin !

Avec son menton écorché, elle désigne le manteau vert de Madeline. Cette fouineuse s'est approchée plus qu'hier, mais a gardé ses distances pour s'enfuir, au cas où.

— C'est une fille de ma classe. Une trouillarde.

— BOUH !

Je sursaute et elle rit.

— Parce que toi, tu ne l'es pas ?

Je me relève et, de toutes mes forces, je lance à Madeline :

— Sale froussarde, t'es pas cap de venir jusqu'ici !

Mon cri résonne et les pigeons s'envolent. Madeline, elle, ne décolle pas. Alors, je lui fonce dessus et l'attrape sans difficultés.

Serrées par le cordon de son capuchon, ses joues ressemblent à deux grosses pommes rouges.

— Ernest, je voulais juste vérifier ce que tu faisais avec tes cartons. Maintenant, j'ai un super truc à te montrer.

Je n'ai pas du tout envie de la suivre.

— Après, promis, je te laisserai tranquille. Allez, décide-toi avant qu'on soit trempés !

Je finis par lui emboîter le pas et par quitter ce chemin de halage où rien ne brille, sauf la pluie sur les pavés.

Madeline m'emmène au carrefour des Trois Cloches, dans l'arrière-cour d'un magasin d'antiquités où s'entassent des dizaines de boîtes en carton, bien plus grandes que celles qui traînent à la maison.

— Ma mère est d'accord pour te les donner.

Mon cœur bat d'excitation. La ville que j'ai construite sur le parquet de ma chambre ne m'intéresse plus. Grâce à Madeline, je viens de trouver beaucoup mieux.

Samedi

Aujourd'hui, il ne pleut pas. Papa travaille toute la matinée au supermarché et il me conduit au carrefour des Trois Cloches. Je retrouve Madeline à la boutique de sa mère, un bazar incroyable où chaque chose semble pourtant à sa place. Je me fraie un passage entre les bibelots en porcelaine, les cadres aux moulures dorées et les imposants meubles en acajou.

— Tu vois ce petit singe, Ernest ? C'est mon objet préféré.

Assis sur une colonne, un ouistiti sourit de toutes ses dents de marbre.

Sur le diable que la gérante des lieux nous prête, on rassemble un maximum de cartons. Leur taille est impressionnante.

— Ça va aller, les enfants ?

— Oui, Maman. Ernest a l'habitude et il habite juste à côté, rue des Deux Planches.

Madeline me lance un clin d'œil complice. Je me demande comment elle connaît mon adresse.

— Je peux t'accompagner ?

Impossible de refuser. Elle a déjà son sac sur le dos. Bien sûr, ce n'est pas chez moi qu'on va. On pousse notre ribambelle de boîtes jusqu'au halage. Sur le chemin, Madeline s'inquiète.

— Il est gentil, son chien ?

— Bien plus qu'il en a l'air. Ne te tracasse pas.

À la queue leu leu, dix grues tracent une ligne sur le sol où s'éparpillent encore les bouts de papier dont elle ne s'est pas servie pour les construire. Elles sont plus réussies que les précédentes. Madeline et moi, on s'arrête juste devant.

— Tu avais dit que tu viendrais pas, mon gars.

— J'ai changé d'avis.

Elle grommelle.

— T'as amené ta copine ?

Ce mot sonne bizarrement au sujet de Madeline.

— On vous a apporté plein de cartons, hein, Ernest ?

— Qu'est-ce que vous voulez que je foute avec tout ça ?

Elle soupire et jette un œil éteint dans leur direction.

— Rien. Laissez-nous faire !

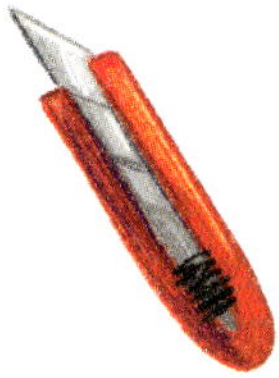

Madeline et moi, on prononce cette phrase en même temps.

Madeline sort une règle en bois et plusieurs rouleaux d'adhésif de son sac. J'ajoute au lot mon cutter, mes ciseaux et mon gros marqueur qui sent l'essence.

— C'est parti !

Pendant qu'on assemble les panneaux bruns, Mazout reste assis pour observer ce qui se trame sous son museau. De son côté, elle papote toute seule et, comme toujours, l'homme invisible auquel elle s'adresse passe un sale quart d'heure. Une fois les parois assez solides, Madeline et moi y fixons le toit. C'est l'étape la plus délicate. On ne réussit pas du premier coup.

— Et voilà le travail !

Mazout entre visiter les lieux pendant que sa maîtresse hésite à nous rejoindre dans cette petite maison en carton. Je découpe des fenêtres et Madeline s'occupe des volets à y accrocher.

— On peut sûrement continuer à l'améliorer.

— J'ai une idée.

Et Madeline file chercher je ne sais quoi avec son diable.

En attendant son retour, je rassemble les conserves vides que je rince dans les flaques qui n'ont pas disparu malgré le soleil naissant. Je cueille aussi quelques pissenlits et les dispose dans un pot de verre ébréché. Puis Madeline réapparaît avec deux bidons de peinture, de la corde, des clous et un marteau.

— J'ai raconté à ma mère que tu n'avais rien chez toi !

Elle rigole. Sous ses airs d'enfant sage, c'est une sacrée menteuse.

On peint les volets en jaune et, en rouge, le mur où il est inscrit « Déménagement Brillé, la mobilité : notre métier ! » Madeline colle des étoiles au plafond pendant que je fabrique une guirlande avec la corde et les boîtes en métal.

— Ernest, regarde aussi ce que j'ai trouvé.

Madeline me montre une paire de chaussures à talons.

— Ma mère ne les porte jamais. Elle ne se rendra même pas compte qu'elle ne les a plus.

— Et tu crois qu'elle acceptera de mettre ça ?

— On verra.

Mazout dépose sa patte sur le long manteau de sa maîtresse et aboie jusqu'à ce qu'elle se décide enfin à le suivre. Il la conduit à l'intérieur de ce « chez elle » qu'elle n'a pas encore adopté mais dont elle ressort une fleur calée derrière l'oreille.

— Mon gars, comme c'est joli !

Elle a raison. Je n'ai jamais rien vu d'aussi beau. Et Madeline non plus.

— Tu viendras quand même me voir parfois ?

— Bien sûr, je connais votre adresse !

— On ira ensemble, hein, Ernest ?

— Oui.

Et un jour, elle nous dira peut-être son prénom.